細見綾子の百句

山崎祐子

丹波人の矜持

ふらんす堂

目次

編集附記

○句の表記は、振り仮名も含めて、『細見綾子全句集』『沢木欣一全句集』による。
○松瀬青々の句は、『青々歳時記』（松瀬青々全句集別巻、茨木和生監修、松瀬青々全句集編集委員会編、二〇一四年、邑書林）による。
○本文中「自註では」とあるのは、『自註現代俳句シリーズ・Ⅰ期1細見綾子集』（俳人協会、一九七六年）を示す。『全句集』とあるのは、『細見綾子全句集』（沢木太郎編、二〇一四年、角川学芸出版）を示す。
○引用の単行本については、巻末の引用文献に著者（編者）、発行年、出版社を示した。
○雑誌掲載文の引用は、本文中に示した。
○「倦鳥」「漁火」の掲載句については、一色哲八著『【昭和前期丹但俳句資料】『倦鳥』『漁火』に見る北村南朝・臼井方浪兄弟と細見綾子』（二〇一七年、非売品）を参考にし、「倦鳥」は俳句文学館、「漁火」は澤木くみ子氏の所蔵する冊子にて確認した。『桃は八重』所収の句は制作年が明記されていないため『綾子俳句歳時記』による。

細見綾子の百句

野の花にまじるさびしさ吾亦紅

『細見綾子全句集』補遺
昭和四年

1

綾子は二十二歳。昭和四年は夫を亡くした綾子が故郷に戻り、自身も肋膜炎の療養をしながら俳句を始めた年である。掲句は、「倦鳥」十九巻一号（昭和五年一月号）の初入選句だが、『桃は八重』には収録されていない。

秋の野に咲く花は、確かに淋しげに見える。それを綾子は「まじるさびしさ」と詠む。多くに囲まれることによって感じる孤独を綾子はよく知っている。ひょろりと高い吾亦紅は孤高に見えたのだろう。綾子は、主観の言葉を抵抗なく使う。初入選のときから、生涯、ぶれない。

来て見ればほゝけちらして猫柳

『桃は八重』

2

『桃は八重』の冒頭句。初出は「漁火」昭和五年四月号で〈猫柳心なく人の折りすてし〉とともに掲載。『俳句の表情』に、療養中の綾子が、初めて佐治川まで歩いたときの句とあり、猫柳の蓬けた姿に、時の移ろいを感じ取って感動したと記している。松瀬青々の句に〈猫柳蟲の如くにほゝけたり〉（大正十二年）がある。綾子は、のち、昭和四十五年に〈猫柳蘂《しべ》のえんじや楮踏み〉（『伎藝天』）と詠んでいる。蓬けた猫柳の蘂に美を見出すのは青々譲りでもある。

そら豆はまことに青き味したり

『桃は八重』
昭和六年

3

「まことに」「したり」と強い断定の言葉を使っている。青い莢を裂いて取り出すところから、「青き味」は始まっており、視覚も嗅覚も含めての「青き味」である。後年、手術後の見舞いにもらった蚕豆を「それを見た時ああこれだと生きかえった気持ちになった。私は毎年この句のためにもそら豆の時期を待っている」(『俳句の表情』)と記す。「風」平成四年八月号に〈そら豆の色形よみがへり来るもの多々〉(句集未収録)がある。療養中に綾子を力づけた「青き味」の蚕豆は、生涯、綾子に寄り添い、丹波の風土を思い出す縁となった。

うすものを着て雲の行くたのしさよ

『桃は八重』
昭和七年

4

この頃、「これほど空をみたときはないだろう」(『私の歳時記』)というほど、丹波の空を見るのみの日々であった。それでも、羅《うすもの》を身につければ気分も変わる。「白い雲の流れの速度を感じたのもうすもの故であろう」(『俳句の表情』)という。天の羽衣を纏い、雲に近づいていくようだ。「うすものを」「たのしさよ」の平仮名が気分をいっそう軽くする。境涯を乗り越えていく明るさを感じる。自註に「倦鳥」の特選欄「燕泥抄」掲載とあり、「青々好みの句」とある。

でで虫が桑で吹かるゝ秋の風

『桃は八重』
昭和七年

5

「自作ノート」（『現代俳句全集』四）に、晩秋、山裾の桑畑の古木に、殻の色の失せた多くのでで虫がしがみつき、そこに秋風が吹いたとある。そして「こういう秋風もある、という発見。丁度その時の自分の姿と同じものだと感じたのだ」と記す。驚きは、自身を見詰めることに繋がった。掲句は「倦鳥」昭和八年一月号の特選欄「燕泥抄」に掲載された。自註に、後年、三好達治が句集の中で一番の句と褒めたとある。

どの花を挿しても足らず近松忌

『桃は八重』
昭和九年

6

近松門左衛門の忌日は旧暦十一月二十二日。『俳句の表情』に、青々が近松忌には墓参りをしていたこと、「倦鳥」社中が、よく大阪の文楽座に行っていたことが記されている。また、青々の〈浪花女のせめて花挿せ近松忌〉をあげ「私の句は、青々の意をうけて、どの花を挿しても近松の女の美しさには負ける、というほどの意である」と書く。綾子も近松に造詣が深く、『綾子俳句歳時記』に「『曽根崎心中』の道行などは今でも覚えている」とある。しかし、生涯で句集に残した近松忌の句は掲句のみ。青々と大阪での綾子を繋ぐ大切な一句となった。

菜の花がしあはせさうに黄色して

『桃は八重』
昭和十年

7

「倦鳥」昭和十年七月号掲載の句であるが、同月の特選欄「燕泥抄」に〈菜の花が実になりにけるものあはれ〉(『桃は八重』)が入っており、こちらが青々の高い評価を得ている。自註に「なにがしあわせなのかよくわからないのだけれども、私は黄色い花を見ると何だかしあわせそうに思う」と記す。孤独な療養生活の延長上での作。「しあはせ」と「あはれ」は表裏一体なのだ。右城暮石の『桃は八重』の序「句集を通じて流れる、一種虚無的なとも思はれる感傷こそ、この句集の特質」に通じる句。掲句、牧歌的な句とは別の鑑賞ができる。

冬になり冬になりきつてしまはずに

『桃は八重』
昭和十年

禅問答のようでもある。「倦鳥」昭和十一年二月号に掲載。同時発表は〈冬といふかそけきものがどこやらに〉（『桃は八重』）であった。自註に、青々はこの句を褒め、また高弟の武定巨口より「この句の斬新さに驚いた」との手紙がきたとある。綾子自身、「当時としては思い切った表現」と記す。思い切った表現を認めた青々や先輩がいたからこそ、綾子は力を伸ばした。後年、この句について「青々の柔軟さに学んで生まれたもの」「青々から受けた影響は計り知れない」（『細見綾子聞き書』）と述べている。

百里来し人の如くに清水見る

『桃は八重』
昭和十二年

9

自註に「昔の旅人が百里の道を歩いて来て清水を見る。そのような気持ちで清水を見た。山裾の草むらにわき出ていた清水」とある。昔の徒歩の旅は一日十里といわれている。「百里来し人の如くに」は、清水に出合った安堵であろう。この年の一月九日に、師である松瀬青々が亡くなった。緑の中の清冽な清水のきらめきに青々を偲んだのかもしれない。青々の昭和七年の句に「北國を思ひて」の前書で〈旅人にもの思はする清水《セウヅ》かな〉がある。百里を来たからこそ会えるものがある。

元日の昼過ぎにうらさびしけれ

『桃は八重』
昭和十三年

当時、大阪府池田町（現、池田市）に仮寓していたが、盆や正月は故郷の丹波で過ごした。親戚や近所の人々が出入するから、元旦の昼を一人で過ごすことは考えられないが、賑やかであるからこそ感じるむなしさがある。すでに、夫も父母も亡くなっており、前年の一月には松瀬青々も亡くなった。自註に「名状すべからざるむなしさが漂ってくることがあった。年の始めであるが故に」と記す。「うらさびしけれ」は心が寂しいの意味であり、和歌では裏、浦に掛けて用いられることが多い。「むなしい」よりも、さらに一歩、心の奥に響く。

とんどして雪汚しゝが清かりき

『桃は八重』
昭和十三年

11

綾子の家のある芦田村では、集落ごとに小正月の火祭を行う。当地では「とんど」といい、集落のはずれの田畑で正月飾りを燃やし、残り火で餅を焼いて食べた。汚すという言葉を使っているが、汚くなったというマイナスなことよりも、集落の人々が賑やかに集まり、餅を焼きながら話に興じる楽しさが伝わる。普段、家を留守にしている綾子にとって、このような場が地域の人たちと繋がる大事な場だったろう。焚いた跡に残るものは、ごみではなく、正月の神を送った証しなのである。

ひし餅のひし形は誰が思ひなる

『桃は八重』
昭和十三年

当時、旧暦や月遅れで節供を祝うのは珍しいことではない。この地域では、近年まで月遅れで祝う家があった。菱餅に用いる蓬は、新暦三月では芽生えたばかり。自分の家で用意するなら新暦は難しい。餅搗きは、近所の人が集まって行った。鏡餅に切り口はないが、菱餅は切って形を整えるから、切り口が鮮やかに見える。買う菱餅ではなく、切って整えるからこそ菱形を強く認識する。自註に「この長方形は何とも言われず面白い。はじめにこの形を案じた人のアイデアはすばらしい」とあるが、こういうことをいう綾子こそ面白い。

チューリップ喜びだけを持つてゐる

『桃は八重』
昭和十三年

13

『武蔵野歳時記』に「『喜びだけを持つ』、そんなことはあり得ない」が持論だが、チューリップは見事に「これを破って喜びだけで立っている」と続ける。句集には、〈チューリップ一つ離してさびしからず〉が並んでおり、二句を一双と見ると、「喜び」の意味が見えてくる。『俳句の表情』に「人間世界では喜びは深い陰影を背負うことが多くて、谷間の稀れ稀れな日ざしのようなものだと私は考えているのだが、チューリップはちがう。曾て暗さを知らないものである」と記す。

ふだん着でふだんの心桃の花

『桃は八重』

昭和十三年

昭和九年より、転地療養のため、大阪府池田町に仮寓。当時、ここは田園地帯であった。果樹園まで散歩した時の作で、このとき、母の手織りの木綿縞のふだん着を着ていた。『武蔵野歳時記』に、「自分の木綿のふだん着をこんなに意識したのは桃の花のせいであった」とある。「ふだん」の繰り返しが柔らかく響き合い、「ふだんのままでいい」という肯定が、読む人に深い安らぎを与えてくれる。句集の題の句、〈風吹かず桃と蒸されて桃は八重〉も同時作。

つばめ〱泥が好きなる燕かな

『桃は八重』
昭和十三年

15

燕が、忙しく、しかも楽しそうに巣作りをする姿が見えるようだ。「つばめ」の繰り返しは、童の目の輝きそのものである。口から耳へ伝えていく口承文芸のような句である。言葉が持つ音の力を教えてくれる。この句には西東三鬼のエピソードがある。三鬼が少年院で俳句指導をしたとき、話に乗ってこない少年たちにこの句を伝えたところ、わあっと笑いが起こり、それがきっかけとなって俳句会ができるようになったという。三鬼は、「風」に一時所属し、綾子とは「天狼」の仲間でもある。

み仏に美しきかなな冬の塵

『桃は八重』
昭和十三年

16

「唐招提寺　四句」の前書の一句で、十一月十三日に唐招提寺の芭蕉忌に出席したときの作。自註に、青々は唐招提寺が一番だと言っていたとあり、「み仏」は金堂の盧舎那仏である。句文集『奈良百句』に、蓮座の塵に一条の冬日が差すのを見たとあり、塵を美しいと感じたことについて「唐招提寺であったからであろうか。また盧舎那仏坐像の膝であったからであろうか。また冬空の蒼い松林の中を歩いて来たからであろうか」と記す。この句のゴールは蓮座に差す冬日であるが、松林を歩くところから句の序章は始まっているのだ。

ほの暗らく雪のつめたさ帯にある

『桃は八重』
昭和十四年

17

自註に、丹波は雪もよく降るとあり「朝早く起きて身づくろいの時、帯は雪のようにつめたかった」と記している。朝の身じたくであるから、順番でいえば、肌襦袢の次は長襦袢。そして着物で最後に帯。しかし綾子は、「帯にある」と断定する。この「雪のつめたさ」は触れたときの感覚だけではないようだ。畳まれた帯を手に取り、解いて体に回し、ぎゅっと締める。締めたときに「雪のつめたさ」を実感したのではないだろうか。もちろん、寒いのはつらい。しかし、雪は丹波の盆地を包み込み、朝を清浄なものとしてくれる。

九頭竜の洗ふ空なる天の川

『桃は八重』
昭和十四年

18

自註に、右城暮石、古屋ひでを、松瀬吉春らと北陸を吟行したときの句とある。句集では「九頭竜川　三句」の前書で〈夏川の雄々しさにおし黙りゐつ〉〈炎天におされ九頭竜川は見し〉とともに掲載。この日の宿泊は福井県大野町（現、大野市）であった。九頭竜川はその名の通りの暴れ川である。夜になり、外に出てみれば、流れは見えずとも、川音は一段と高い。見上げれば天の川。「空を洗ふ」に、天と地が逆転したかのような錯覚を抱く。川音がせり上がって、天の川に重なるようでもある。

山晴れが紫苑きるにもひゞくほど

『桃は八重』

昭和十四年

自註は「紫苑が咲く頃になると空気が澄む。紫苑を切る鋏の音がひびいた」と素っ気ない。上野さち子はこの自註について「句の読まれた場所などどうでもいいわけだ」と述べ、「彼女は澄んだ空気にことさら敏感」だと評する（『女性俳句の世界』）。鋏の金属音が、秋の澄んだ空に響く。「山晴れや」ではなく「山晴れが」とし、山晴れをまるごと一気に自分の体に引き寄せる。なお『俳句の表情』では「十月になると山国の空気は澄み」の一文が自註に添えられ、丹波の紫苑であることが窺える。山に囲まれた盆地で鍛えられた五感でもある。

寂光といふあらば見せよ曼珠沙華

『桃は八重』
昭和十五年

玉虫厨子を見ようと法隆寺に寄ったとき、宝物殿の二階から曼珠沙華が見えた。『花の色』に太い柱の建物の裾を埋めるように咲いていたとあり、「生涯のうち、自分が見惚れたものの一つ」と記す。その寂光は「この世の美しい色の一つ」という。後の随筆では、人からそんな場所に曼珠沙華はないと言われたとあるが、この日に見た寂光の色は、この後、綾子が求め続ける美の原型になったと思われる。随筆にある宝蔵殿であるが、大宝蔵殿の開設は昭和十六年であり、謎の残る句でもある。

きさらぎが眉のあたりに来る如し

『桃は八重』
昭和十六年

自註に「眉のあたりに『きさらぎ』という言葉のさわやかさを感じた」と記す。沢木欣一に〈眉濃ゆき妻の子太郎栗の花〉があるが、綾子は晩年まで凜とした眉であり、自註は妙に説得力がある。目崎徳衛は掲句と〈冬になり冬になりきつてしまはずに〉を「どう腑分けしようもないもので、まるごと味わい、胸騒ぎのような感動にひたる以外に術もない」（「俳句研究」昭和六十一年三月号「細見綾子の世界」）とする。こう言われると手も足も出ないが、「きさらぎ」と呟いてみると、イ音とア音が柔らかく耳に入る。眉のあたりがこそばゆい。

遠雷のいとかすかなるたしかさよ

『冬薔薇』
昭和十七年

22

綾子は『俳句の表情』で、このときの感覚を「かすかだけれども手応えのあるものだった」といい、「それ以来私は、たしかなものはかすかではないかと思うことがある」と述べている。綾子に春雷の句は多いが、雷の句は少ない。句集に残っているのは四句。『冬薔薇』には掲句と〈海越え来し端書一葉遠雷す〉。『虹立つ』に〈雷雨来て牡丹一夜にくづれたり〉〈雷《いかづち》二度雹一度牡丹日記かな〉があり、これは牡丹の句である。心が動くのは、雷ではなく遠雷や春雷のようだ。「たしかなものはかすか」の、かすかなものを綾子は詠む。

まぶた重き仏を見たり深き春

『冬薔薇』
昭和十八年

23

「法隆寺百済観音」の前書。百済観音は、明治後期から奈良帝室博物館に寄託。昭和十六年に大宝蔵殿の開設によって法隆寺に戻ったので、青々の伴をして法隆寺を訪ねた時は見ていない。百済観音は、高さが約二百十センチメートル。痩身で、頭部が小さく八頭身。そのためか、さらに背が高くみえる。長身の百済観音が綾子を見下ろす。百済観音は、厳格な表情が多い飛鳥仏の中で目や口元の表情が柔らかい。「まぶた重き」はその柔和な表情で見下ろしていることの写生である。下五の「深き春」に、拝観の後の深呼吸のような響きがある。

48 — 49

断層に秋風がしむ別れかな

『冬薔薇』
昭和十八年

24

「十月下旬　沢木欣一氏出征のため寒雷送別会・水戸大洗に行く　四句」の前書の一句。送別会は、欣一が所属する「寒雷」の加藤楸邨や原子公平らによるものであった。「晩秋」（『私の歳時記』）に風が出て波音の高い夜になったことが書かれている。茨城県の大洗《おおあらい》海岸は、礫と砂の層が交互に重なる大洗層があり、波の浸食による変わった形の岩が点在する。チャートの断層ではなく、礫層だからこそ、「秋風がしむ」に実感がある。同時発表に〈記憶にも今日の秋空桐立たむ〉などがある。

初ひばり胸の奥《おく》処《ど》といふ言葉

『冬薔薇』
昭和十九年

25

　奥処とはあまり聞き慣れない言葉である。単なる奥ではなく、空間、時間の遠く隔たったところをさす。空間でいえば「果て」、時間でいえば「行く末」になる。『俳句の表情』に「初ひばりを聞いた時、胸の奥処、という言葉を思い起こした。平生は思っても見ない言葉を。胸の奥処から、涙のようなものが湧いて出て来た。涙はかなしみのためだけのものではないらしい」とある。

　この年の三月、綾子は、欣一から預かった句稿を整理し、原子公平の協力で欣一の第一句集『雪白』を出版する。出口の見えない、重くて暗い時代であった。

朝雉子の一と声をあめつちに立ち

『冬薔薇』
昭和十九年

26

綾子は、斎藤茂吉の〈こらへゐし我のまなこに涙たまる一つの息の朝雉のこゑ〉を若い頃から愛唱しており、雉子には思い入れがあった。第三句集『雉子』に付けた随筆で「うるほひに充ちた春の朝、自分の立つてゐるのは、天地《あめつち》の間だといふ気がする。雉子の啼く声を聴くと、さう言はずには居られない」と記す。丹波では、朝靄の中、田圃でよく雉子が鳴く。「あめつち」の一語に、土の匂いや柔らかな日差しが感じられる。二十代の療養中のときも何度も聞いた雉子の声だが、今は自分の足で土を踏みしめて聞いているのである。

帰り来し命美し秋日の中

『冬薔薇』
昭和二十年

27

「十月廿五日沢木欣一氏帰還三句」の前書の冒頭句。続けて〈秋日の縁蜂飛びて行く明るくて〉〈秋空の限り背にある命かな〉の句がある。どれだけ嬉しかったかと思うが、『自註句集』には入れなかった。『冬薔薇』の昭和二十年のタイトルは「命美し」であり、綾子にとって大事な句だったのは間違いない。一方、欣一もこの日の句を「復員後丹波に細見綾子を訪う六句」の前書で〈待つ人あり睫毛の影と冬の薔薇〉〈枯桑を燃やし小豆を煮てくれる〉などの句を詠んでいる。同じ時のことであるが、綾子は秋、欣一は冬の季語で詠む。

56 — 57

春近し時計の下で眠るかな

『冬薔薇』
昭和二十一年

自註に、八角形の柱時計のある部屋で寝起きしていたとある。辻恵美子はこの句を「春は昼間というより夜の深い闇の中を刻々来るもののようである」と鑑賞する（『泥の好きなつばめ』）。療養中にもずっと聞こえていた時を刻む音でも、今はその音が楽しげに聞こえる。「眠るかな」の「かな」には綾子の安堵と喜びが溢れているようだ。欣一はこの年の五月、編集兼発行人となって金沢で「風」を創刊する。綾子は創刊号に「冬薔薇」の題で掲句を含む五句を載せている。

鶏頭を三尺離れもの思ふ

『冬薔薇』
昭和二十一年

俳句で数の認識を論じるときに子規の〈鶏頭の十四五本もありぬべし〉とともにあげられる句である。片山由美子は、綾子を知性派の作家という評を「この句の〝三尺〟より〝もの思ふ〟に重きをおいて読む人の意見」ではないかとしたうえで「知性より感性、それも直感の人」といい、「理屈を抜きにした単純さこそ綾子俳句の特徴である」と評価する（『定本現代俳句女流百人』）。自註に「鶏頭と自分との距離が三尺だと思った時、何もかもがはっきりするように感じた」とある。三尺は半間で建具や畳の幅。日本人にとって馴染みの距離でもある。

冬薔薇日の金色を分ちくるゝ

『冬薔薇』
昭和二十一年

30

句集には掲句のほか、冬薔薇の句として昭和二十四年の〈夜訪ひて冬薔薇顔の近くにあり〉、昭和二十五年の〈汝が眼に映れとつぼむ冬薔薇を〉がある。綾子の冬薔薇の句は『全句集』に九句あるが、薔薇の句は五句。綾子は、小ぶりで寒さの中に凛と咲く冬薔薇を好んだ。自註に「冬薔薇にさしいる日は羨《とも》しいものだ」の一行のみ。「羨す」は引き込まれるの意味。冬薔薇に差す光を「分ちたる」ではなく「分ちくるゝ」という。あくまでも自然界からいただくエネルギーは綾子にとって分けていただくものという姿勢である。

62 — 63

峠見ゆ十一月のむなしさに

『冬薔薇』
昭和二十一年

31

自註に「丹波・但馬の国境の峠」とあるので、遠阪峠のことであろう。郷里の芦田村の隣に山陰道宿駅の佐治町（現、丹波市）があり、ここから峠を越えて但馬に抜ける。綾子の家からは、ちょうど西にあたり、夕日を見ることは峠を見ることでもあったはず。いつでも見える峠ではあるが「木の葉が落ちつくす十一月になるとあたりががらりとして一層よく見える。空々漠々たる明るさの中に見えてきた峠」と『俳句の表情』にある。深田久弥は「山の姿をよく言い得ている」と褒めた。

山茶花は咲く花よりも散つてゐる

『雉子』
昭和二十一年

「風」六号、〈鶏頭を三尺離れもの思ふ〉と同時発表句であるが、『冬薔薇』には入れず、『雉子』に「『冬薔薇』未発表句」として収めた。

山茶花は花の時期が長い。次々と咲いては花びらを散らす。散ったばかりの花びらが、錆びゆく花びらに重なる景色が想像できる。滅びゆくものに美しさを見る綾子らしい句である。綾子は十三歳のときに父を亡くしている。命日は十一月一日であり、命日の頃になると山茶花が咲くと『武蔵野歳時記』にある。

くれなゐの色を見てゐる寒さかな

『冬薔薇』
昭和二十二年

33

「くれなゐ」であって、それが何なのかは示されていない。綾子の句で、赤をイメージする句は、鶏頭、曼珠沙華、冬薔薇、紅葉というようにいくつもある。自註でも「くれないの色を見ていると、寒さを美しいものだと思う」とのみ。綾子にとって大事なのは、目の前にあるものの核が「くれなゐ」であることのみなのだ。「風」昭和二十二年五月号の同時発表に〈寒の空もの丶極みは青なるか〉がある。どちらも丹波の風土を色をもって詠んでいるが、二つ並べてみると、掲句の「くれなゐ」も美というより孤独感を感じる句である。

桜咲きらんまんとしてさびしかる

『冬薔薇』
昭和二十二年

『俳句の表情』に、あでやかさを極めている桜を「それがまた無限のさびしさを湛えていた。らんまんたるさびしさ、これは桜だけのものだと思う」とある。桜は、日本の文化の中で死生観に深く関わり、満開の桜の「さびしかる」は桜の本質でもある。昭和十二年作に〈元日の昼過ぎにうらさびしけれ〉がある。晴れの場面に「さびし」の形容詞を用いる構造はよく似ている。第二次世界大戦が終わって二度目の桜。少しずつ世の中には希望の灯が見えてきた頃である。だからこそ自分の身の振り方も含めての「さびしかる」であろうか。

見得るだけの鶏頭の紅うべなへり

『冬薔薇』
昭和二十二年

「十一月　沢木欣一と結婚」の前書の句。この鶏頭は〈鶏頭を三尺離れもの思ふ〉と同じ裏庭の鶏頭であろう。当時、綾子は四十歳。見知らぬ地、金沢へ行くのである。思うことは多々あったに違いないが、それを「鶏頭の紅」がすべて肯定するのである。「うべなへり」の強い語調が綾子の決意を示している。人生の大きな分岐点で、鶏頭は力強く綾子の背中を押す。前書を離れても、魅力ある句である。掲句は、帰還した欣一が丹波に立ち寄ったとき〈帰り来し命美し秋日の中〉と同様、『自註句集』には入れていない。これも綾子の美学だと思う。

春雷や胸の上なる夜の厚み

『冬薔薇』
昭和二十四年

36

金沢で二度目の春を迎えた。『俳句の表情』に「尾長くいつまでもひびいて、胸の上に厚みを感じ、そしてこの厚みを春だ、と思うのだった」とある。夜具の木綿わたの重さはちょうどいい安心感がある。「夜の厚み」は、春の闇の厚みを示すのだろうが、夜具の木綿わたにもつながる。春雷の音の中に安心してまどろむ。もはや綾子は一人ではなく、隣に家族がいる。昭和十九年の句、「沢木欣一氏の句集『雪白』成れり」の前書で〈紫の雲起きて来て春の雷〉がある。綾子にとって、春雷は喜びの記憶を思い起こす音なのだろう。

暑き故ものをきちんと並べをる

『冬薔薇』
昭和二十四年

それまで住んでいた丹波も大阪も暑かっただろうが、金沢の夏も本当に暑い。欣一と綾子の住む家は、「風」の発行所を兼ねている。多くの書籍や草稿、「風」誌も積んであっただろう。一般の家庭とは違うものがあふれる住まいである。櫂未知子は「暑し」について「家内を整理整頓し、風通しをよくすることで『涼し』に転換しようとした作者の意図が背後にある」（「美しき距離」『鑑賞女性俳句の世界』第三巻）と鑑賞する。確かにこの句を読んで、読み手が想像するのは、整頓された夏座敷であり、それは季語の「涼し」の本質でもある。

木蓮の一片を身の内に持つ

『冬薔薇』
昭和二十五年

38

綾子は四十二歳。六月に出産予定であり、この頃はお腹も目立ち、胎動も始まっている。その胎児を「木蓮の一片」と詠んだ。自註に「木蓮の白い一片が身の内にある感じ。『みごもり』の『こもり』というのは、そういう感じかも知れない」と書く。鋭い認識の自註である。祭礼など神を迎える前に精進潔斎のために籠《こもり》をする。これは外との接触を断って穢れなき身を整えることをいう。新しい生命は、母体で十月十日の「こもり」をして、この世に出てくるのだ。木蓮の一片は勾玉の形、胎児の形を思わせる。まさに命の形なのである。

白木槿嬰児も空を見ることあり

『冬薔薇』
昭和二十五年

39

六月十九日に帝王切開で男児を出産し、太郎と名付けた。この頃、〈貰ひ乳子が遠くなる木槿垣〉など、母親として切ない句もある。自註に、金沢市泉野町の住まいに背の高い木槿があったとあり、自宅の庭での句である。子を抱いているのだろう。綾子は、生まれたばかりとはいえ、その子の意思を汲み取ろうとする。嬰児が母親を見るのは当たり前のこと。しかし、今、太郎は空を見ている。綾子も太郎の見上げる空を見る。白木槿の柔らかな花びらの質感は抱いている子の産着の柔らかさに重なる。

寒卵二つ置きたり相寄らず

『冬薔薇』
昭和二十五年

〈鶏頭を三尺離れもの思ふ〉の「三尺」と同じく、「相寄らず」の距離は必然である。この頃は、出産、子育ての句が多く発表されている。その一連の中で「二つ」「相寄らず」を夫婦のことと読む向きもあったが、これは綾子の自註にある「『寒卵』には意を託したものではない」の通りに鑑賞すべきである。不安定な形のものを平らなところに置いたのに、そのまま動かない。卵の白さ、新鮮な卵の殻のざらつき、寒の冷たい空気、それを見つめる綾子の視線は、寒卵の存在そのもののみに注がれている。

不幸にて雑茸汁を賞でて食ふ

『雉子』
昭和二十七年

この年の晩夏、義弟の葬儀のため丹波に帰り〈眼窩深く病み堪へれねば晩夏といふ〉など七句を「風」に発表した。綾子は四十五歳であるから、義弟もまだこれからという年齢での死であっただろう。掲句は四十九日の法要の句だと思われる。残された人々も、おだやかに死を受け入れることができるようになった頃、一つの鍋で煮た雑茸汁を食べた。上品な料理屋の汁物ではなく、雑茸汁だからこそ、集まった人々の丹波弁が聞こえてくるようだ。美味しいと感じること、故人の思い出を語り合うこと、みな、供養である。

つひに見ず深夜の除雪人夫の顔

『雉子』
昭和二十八年

自註に、丹波へ帰省のため金沢を夜行列車で発ったが、大雪で今庄駅付近で臨時停車となったとある。極寒の深夜、大勢の人々が除雪作業を行った。『俳句の表情』に「除雪作業の人々の動きだけが寒燈に照らし出されていて、ついにそのひとびとは顔を上げなかった」とある。「つひに見ず」には、集団ではなく、一人一人を見詰めようとする綾子の真摯な態度が窺える。当時、「風」では社会性俳句の議論が盛んに行われていた。綾子は社会性を主題とする議論に距離をおいていたが、議論ではなく作品で社会性俳句への答えを示した。

雪今日も白魚を買ひ目の多し

『雉子』
昭和二十八年

43

前年、金沢市弓ノ町（現、金沢市本町）の発心寺の二階に転居。生きのいい魚を商う行商婦がよく来た。『私の歳時記』に「小魚の箱の幾重ねを背負った上から毛布を着て『今日はいらんかね』と台所をのぞく」とある。白魚は春の到来を告げる魚ではあるが、実際にはまだまだ寒い季節である。透明な白魚は火を通せば、名前の通り白くなる。雪と白魚の美しさに加え、「目の多し」の一語が、美しい命を自分はいただくのだということを、嫌でも自覚させる。黒い目の数は命の数なのだから。

能登麦秋女が運ぶ水美し

『雉子』昭和二十八年

44

「能登西海村・加能作次郎碑のほとり　四句」の前書の一句。同時発表句に〈白芥子を賞でたる眉や背には海〉があるように、文学碑は、海を見下ろす崖の上にある。加能作次郎は西海村（現、志賀町）風戸《ふと》出身の小説家で、風土性の高い小説が評価されている。

『俳句の表情』に風戸は水に恵まれず、石ころだらけの道を天秤棒を担いで水汲みをしたとある。一般に水汲みは女性や子どもの仕事。綾子は、作次郎の小説を踏まえ、能登の女性への挨拶をした。澄み切った風戸の海は、「女が運ぶ水美し」に重なる。

熟れ杏汝《なれ》と吾との間ひに落つ

『雉子』
昭和二十八年

「太郎三つの誕生日　四句」の前書の一句。三歳の誕生日の子に対し「汝と吾」ということについて『私の歳時記』に「親子ということに相応しく思われた」と書く。後に綾子は、幼子を抱えて夫を亡くした中山純子に「子というものは三歳までにすべての親孝行をすませている」と言ったと、中山が講演で話している。親が注ぐ愛情は深い。三歳までの間に、親は恩返しを受け取っているのだ。客観的な言葉に愛情の深さがある。三歳の節目に二人の間に落ちた熟れ杏は、綾子の考える母と子がおくべき距離を暗示しているように思える。

太き梁に一夜かけたり射たれし雉子

『雉子』
昭和三十年

句集の末尾の随筆「雉子」に、丹波に帰省したおり、近所の人が撃ち取った雉子を持ってきてくれたとある。綾子はこの夜、いつもの部屋ではなく、梁の下、つまり土間に張り出した板の間で寝た。息子が、雉子は何を食べるのかと聞くと「さうねえ。青木の実や、さるとりいばらの実を、今はとても紅いもんだから、すぐ見つけて食べとつたの」と答え、この一夜を「雉子が呉れた一夜のやうなものだと思ひながら眠つた」とある。この句の伏線として、息子のあどけない問いがあり、自らが答えた真っ赤な実は、雉子の赤い肉垂をも感じさせる。

生くること何もて満たす雉子食ひつつ

『雉子』
昭和三十年

47

綾子は、雉子の声にいつも励まされてきた。そういう存在ではあるが、それを食べる日もある。随筆「雉子」に、すまないと思いながら食べたことを「今日の生をいささかなりと美しくしなければならない負ひ目を感じ、又生きてゐる私の日々が満たされてゐるといふことは少ないのに、今日は雉子を食べてかなしくも満たされたと言はう。しかしそのほかの無数の日々を、自分は何をもつて満たさう」と書く。食べる行為が持つ原罪の意識は誰もが感じることであるが、綾子はさらに「美しくしなければならない」と律するのである。

紙漉くや雪の無言の伝はりて

『和語』
昭和三十一年

「富山県八尾紙漉き　九句」の前書の一句。当時の八尾は、最盛期ほどではないが、伝統的な和紙を漉く作業場がいくつもあった。『私の歳時記』に、訪ねたのは二月四日で、八尾駅から五尺も積もった雪の上を一里半歩いたとある。紙漉小屋では、一人が黙々と作業を続け、簀を滑る水音が繰り返し聞こえた。その静寂を「無音」ではなく「無言」とする。紙漉小屋を囲む深い雪があり、雪が溶けた水で紙を漉く。紙は照り返す雪の白さを纏うかのように輝く。雪がこの和紙を育んでいることの実感が「雪の無言」なのだろう。

枯野電車の終着駅より歩き出す

『和語』
昭和三十三年

49

東京の武蔵野に住んで二年目。『花の色』に終着駅は西武線の清瀬駅とある。綾子は、国立療養所清瀬病院（現、東京病院）に入院している親戚をたびたび見舞っていた。西武線の田無町駅（現、ひばりヶ丘駅）から、清瀬行きに乗ると、あたりは野原となり、十分ほどで清瀬に着く。乗り換える人の多くは、見舞いに行く人たちであったという。窓の外にひろがる枯野は淋しいが、駅から一歩踏み出すときには、療養中の親戚のために気持ちを切り替え、元気な顔を見せようと自分を鼓舞したに違いない。枯野電車の造語が武蔵野の風景にふさわしい。

雪解川烏賊《いか》を喰ふ時目にあふれ

『和語』
昭和三十六年

50

「金沢　七句」の前書の一句。四月二日開催の「俳句研究」主催の講演会のため、三月末に金沢に行き、「風」の仲間と句会をした。『俳句の表情』に、浅野川ほとりの料亭で烏賊の糸作りを食べたときの句とある。浅野川近くに住んでいたことがあるので、懐かしかっただろう。金沢では、犀川を男川、浅野川を女川とたとえるように、浅野川は普段は穏やかであるが、この季節は違う。雪解けの水を満々と湛えて押し寄せてくる。卓上には春の料理が並ぶ。雪解川も、きれいに盛り付けられた烏賊の糸作りの白も美しい。

雪渓を仰ぐ反り身に支へなし

『和語』
昭和三十六年

「月山に登る　三句」の前書の一句。『俳句の表情』に、山毛欅の樹海を登っていくと、突如雪渓があらわれたとある。羽黒山での芭蕉祭で立ち寄ったとあるので、六月のことになる。この時期は雪渓はまだ雪の量が多く、迫力があっただろう。反り身という不安定な体勢であるが、しっかりと立ち、雪渓という大きな存在と対峙した。反り身についで同書に「いくらでも反れるような、うしろには支えがないような陶酔にも似たものを味わった」と記す。「支へなし」と言い切る力強さは、綾子のプライドでもある。

蕗の薹喰べる空気を汚さずに

『和語』昭和三十七年

52

綾子は蕗の薹が好物。『全句集』にはこの季語の句が十六句収められているが、昭和三十五年が初出。若い頃の句は句集にはない。自註に「蕗の薹を食べると空気を汚さずに生きているような気がする」と記す。生きていくには、息を吸い、息を吐く。息を吐けば空気を汚す。〈生くること何もて満たす雉子食ひつつ〉に似た生きることの根源的な意識が句の根底にある。理屈にならないのは、蕗の薹のほろ苦さ、春の到来の喜びが実感として読者が共有できるからであろう。

鶏頭の頭《づ》に雀乗る吾が曼陀羅

『和語』
昭和三十九年

53

庭の鶏頭を詠んだ句。綾子にとって鶏頭は特別な花であり、佳句が多い。この句について、十四年後に上梓した『曼陀羅』のあとがきに、「大きな鶏冠の上に乗って黒く光った種をついばむのは、雀らの至楽のさまに思われた。曼陀羅という言葉を連想させ、私の曼陀羅はここらあたりかと思われた」と記す。鶏頭のビロードのような質感、深い襞が目に浮かぶ。雀が集まる様子を見て、鶏頭に深い慈悲を感じたのだろうか。この句を読むと、曼陀羅図とは、寺院の奥深くに掲げられるものではなく、人々のすぐそばにあるべきものだと思えてくる。

餅のかびけづりをり大切な時間

『和語』

昭和四十年

自註に「かびを削って時間を費したと悔やむ気持と、それをうべなっている気持と同時にある」と記す。かびを削るのが大切な時間だというのではない。「風」に発表した初出は〈餅のかびけづる大切な時間〉。柏禎は、「けづりをり」とすることで気持ちを確かに示したとし、「餅のかびけづりをるなり。けづりつつ大切な時間をおもふ」だと鑑賞する（『細見綾子俳句鑑賞』）。綾子は、「風」昭和四十五年三月号『和語』出版の座談会で「時間を大切にしているというか、刻々と済んでしまうから、惜しくてしようがない」と発言している。

冴え返る匙を落して拾ふとき

『和語』
昭和四十年

55

自註に「冴え返る」について、「この言葉どおりの時期がしばらくある。落した匙はそれを知っているような音をたてた」とある。耳障りな金属音は、冷たい張り詰めた空気を破る音である。この音が「冴え返る」を実感のあるものにしている。ただし、そういった音を「冴え返る」と詠むのは当たり前だろう。綾子はそれを「拾ふとき」と断定する。身を屈めた窮屈さと、床の感触、匙の鈍い光、最後に匙の金属の冷たさがくる。すべてが「拾ふとき」の一瞬に凝縮されている。

青梅を洗ひ上げたり何の安堵

『和語』
昭和四十年

『花の色』に、青梅の色や形は「人間業ではないものがある」と書く。保存食を作るのは、三度の食事の準備とは違う楽しさがある。青梅を愛でながら丁寧に洗い、笊に上げてほっと一息つく。「何の安堵」と自問しつつも、納得して安堵の中に身をゆだねる。「何の」という言葉の使い方としては、昭和十四年作に〈葉柳の葉長き活けし何の思ひ〉がある。綾子は、日常の作業を一つ終えたときに去来する思いを掬いとる。その、もやもやとしたものを若いときには「何の思ひ」であったが、家族をもっての日々を「何の安堵」とした。

もぎたての白桃全面にて息す

『和語』
昭和四十年

57

「丹波氷上郡青垣町帰省　四句」の前書の一句。同時発表に盆蓙蓙の句があり、旧盆の帰省であろうか。手にのせたもぎたての白桃はまるで赤ん坊のようだ。洗えば、産毛の一本一本が輝く。丹波の白桃には、欣一が丹波を訪ねたとき、一緒に食べたというエピソードがある。「少しもそこなわれずに、今生まれたように目の前にあった」という見事な白桃だった。そして、召集令状が届き、出征する直前に一緒に旅をし、その夜、丹波の白桃の話をしたという（『私の歳時記』）。タイムスリップしたかのように、白桃が目の前にある。

木綿縞着たる単純初日受く

『和語』
昭和四十二年

昭和十三年の〈ふだん着でふだんの心桃の花〉とスタンスは一貫している。綾子は、正月になると母親の手織りの着物を着た。『武蔵野歳時記』に掲句をあげて「木綿の手ざわりというものは母の匂いであり、すがすがしさであるという思いがつよい」とありその着物は「棒のような縞の中に、こまかい、こまかい絣が入っているのをおもしろいともかなしいとも思う」と記す。母の手織りの棒縞は一見すると単純であるが、複雑。その着物を着て、姿勢を正し、自らを単純であろうとする綾子の姿が見える。

虹飛んで来たるかといふ合歓の花

『伎藝天』
昭和四十三年

一気に「虹飛んで来たるか」と読み下し、「といふ」で一息つく。一読すれば、誰もが空を見上げたくなる句である。合歓の葉は夜になると葉が閉じる。そのような不思議な葉の上に、不思議な形の花が咲いている。小さな虹が濃い緑の葉の上に、ちょこんと降りてきたかのようだ。武蔵野の家の庭に、三メートルもある合歓の木があった。欣一が深大寺のだるま市で買ってきたものだという。『天然の風』に〈人来ればともに見るなり合歓咲くと〉があるが、何度でも、初めて見たときと同じ感動で見上げたのだろう。

穂すすきの群るる山越え愛語の書

『和語』
昭和四十三年

「越後、島崎に良寛遺跡を訪う　八句」の前書の一句。十月二日、「風」北陸大会が新潟県長岡市で行われ、翌日、仲間と吟行。「愛語の書」とは、良寛が晩年に書いた「正法眼蔵」の一節で、「愛語」の題での本文二十一行の書である。良寛の書としては珍しく、楷書の漢字と片仮名で記されている。細くて美しい文字は、まさに慈愛に満ちた文字ともいえよう。穂芒の折れそうで折れない強さや輝きが良寛の文字と呼応する。綾子は昭和四十年にもここを訪ねており、〈晩年の文字やすすきのごと華やぐ〉と詠んでいる。

枯れに向き重き辞書繰る言葉は花

『伎藝天』
昭和四十三年

「言葉は花」という実に観念的な物言いであるにもかかわらず、綾子の姿がありありと浮かぶのは「重き辞書繰る」にある。「探して見つかった言葉に枯れの日がさして言葉は花だという思いがひらめいた」という自註じたい、まるで詩のようだ。終末を思わせる枯れではなく、この「枯れ」には、天啓のような日が差す。『和語』のあとがきに「心とか自然とか区別せずに、それらを含めて言葉をあらしめたい。それらのすべてのものの上に『言葉』を冠したいのである」と記す。この思いが、重い辞書を繰って一つの言葉を見つけることなのだろう。

伐折羅大将に供へあり盆酒二合瓶

『伎藝天』
昭和四十四年

62

「新薬師寺　四句」の前書の一句。本尊の薬師如来の回りを十二神将が囲んでいる。句文集『奈良百句』に、本尊には西瓜や青梨が供えてあったが、伐折羅大将には酒の二合瓶のみとある。新薬師寺では、供物は本尊に供える。盆は供物が多く、本尊の右端に立つ伐折羅のあたりまで並んだのだろう。しかし、ここで、二合瓶に注目し、盆酒としたところが俳人の目である。二十二音という例のない字余り句だが、冒頭の「伐折羅大将に」と最後の「盆酒二合瓶」の漢字五文字ずつが重石となり、安定感がある。

仏像のまなじりに萩走り咲く

『伎藝天』
昭和四十四年

「新薬師寺　四句」の前書の一句。仏像とは本堂の薬師如来坐像。八月五日、近鉄奈良駅で下車し、炎天下、高畑や飛火野を散策して新薬師寺に着いた。薄暗いひんやりとした堂に、三十分か一時間いたという。この時間を『花の色』に、「千年の仏像に相対している時間は須臾の時のようでもあり」と書く。外に出て、萩叢の中に一本だけ「ポチリと咲く萩」があり、萩は「風の吹いているその方向に、風の姿のそのままに」だったと記す。「仏像のまなじりに」は、薄暗い堂から眩しい現世に戻り、この風を捉えたからこその把握だと思う。

仏見て失はぬ間に桃喰めり

『伎藝天』
昭和四十四年

この「仏」も新薬師寺の薬師如来坐像。新薬師寺を訪ねる途中、高畑の八百屋で白桃を買い、仏像を拝観した後に、木陰で食べたという。句文集『奈良百句』に「すぐれて佳いものを見た感動のいまだ失せぬ間に急いで白桃を食べる必要があった。白桃を食べることによっていささかなりとも自分の内に何かを定着させたかった」とある。白桃の白い美しいフォルムは、魂の形のようでもある。指で皮を剝き、汁を滴らせながらかぶりつく。感動の定着を食べるという行為と結びつけるのは、綾子の特異なる身体感覚である。

女身仏に春剝落のつづきをり

『伎藝天』
昭和四十五年

「秋篠寺　九句」の前書の一句。初出の上五は「伎藝天に」であった。推敲の理由を『奈良百句』で「伎藝天の永遠の美しさへの私の讃歌」と述べている。『武蔵野歳時記』に、このとき春の雪が降ったとある。白い大きな雪片もまた、天上界から剝落するものかもしれない。金子兜太はこの句を綾子の信条である「『美しく浪費させる』と重ねていくとなかなかに油断のならない女人像が現れてくる」（「俳句」平成九年十一月号）と記している。剝落しつづけるものに美を捉えることは、綾子の生き方につながっている。

青梅の最も青き時の旅

『伎藝天』
昭和四十五年

「不破の関　六句」の前書の冒頭句。五月二十四日に「風」東海大会が岐阜で行われ、翌日、中山道の不破の関を訪ねた。歌枕としても知られ、壬申の乱をはじめとして歴史を秘めた場所である。「野ざらし紀行」で芭蕉が訪れたのは陰暦九月。それとは違う初夏の気持ちのよい季節であった。「最も青き時」と言い切るが、綾子にとっては出合ったその時が「最も」であって、これは、綾子の作句の信条でもある。ア音とオ音の繰り返しが心地よい。調べの明るさに、綾子の嬉しそうな表情が見えてくるようだ。

竹落葉時のひとひらづつ散れり

『伎藝天』
昭和四十五年

「不破の関　六句」の前書の一句。自註に、芭蕉の〈秋風や藪も畠も不破関〉の句の面白さがわかったと記す。句集のあとがきに、一番関心を持っていることは時間だと書いている。このあとがきにつながる句でもある。『伎藝天』には、歴史的地名の前書の句が多い。時間への思索を足で歩いて深めていったのだと思う。しかし「時」という直接的な言葉を使った句は珍しい。眼前の竹落葉を「時のひとひら」だと実感したのだろう。初夏の光の中、綾子の目にはストップモーションのように、一こま一こまが鮮やかに見えたのかもしれない。

春の雨瓦の布目ぬらし去る

『仗藝天』
昭和四十六年

自註に「武蔵国国分寺跡にはまだ布目瓦の破片が落ちている」とある。古代、中世では、瓦型と粘土の間に布を敷いて整形したので布の痕が残る。当時、木綿はなく麻や苧の布のため、布の目が粗く、くっきりと痕がついた。武蔵国分寺・国分尼寺跡の発掘調査は昭和三十一年から始まったが、当時は、この近辺で布目瓦を拾うことはよくあることであった。普段は土に紛れており、雨が降ると破片を見つけやすくなる。春の雨によって布目が鮮やかに見えたはず。「ぬらし去る」とあっさりと言い切った分、読み手には鮮やかな布目の跡のみが残る。

祭すみ太鼓ころがしゆきにけり

『伎藝天』
昭和四十六年

69

「奥多摩　四句」の前書の一句。同時発表に〈秋蝶の黄を強くせり土俗舞〉〈少年が発す雄声や鳳凰舞〉など。鳳凰舞とあるので、東京都西多摩郡日の出町の春日神社・八幡神社の秋祭であろう。当時の祭日は九月二十九日。境内で鳳凰の舞と奴の舞が奉納された。大太鼓を囲んで十人の鳳凰の冠をつけた若者が、素朴な所作で悪疫退散を祈願する。祭が終わっても、立ち去りがたく、後片付けを見ていたのだろう。太鼓を転がして片付けるというのはいかにも村祭らしい素朴さがある。

猪肉の味噌煮この世をぬくもらむ

『伎藝天』
昭和四十七年

70

同時発表の句に〈猪煮るや二度ほど雪の来たる葱〉がある。綾子が猪鍋を作ったのだろう。鍋物は体が温まる冬のご馳走である。『全句集』に、鋤焼、湯豆腐、寄鍋の句は見当たらない。昭和三十九年の作に〈猪《しし》肉の包み大事に故里人〉がある。猪鍋は綾子にとって故郷の丹波の味であった。猪肉に、雪でぎゅっと甘みが増した葱を合わせて味噌で煮れば、どんなに美味しいか想像ができる。猪という野生の動物の肉を食べることは、その野生の命を自分の身体に入れること。「この世をぬくもらむ」ために食べるのである。

光堂よりの数歩に雉子啼けり

『伎藝天』
昭和四十七年

「平泉　十句」の前書の一句。同時発表に〈衣川見下すにまた雉子啼けり〉がある。綾子に雉子の句は多く、動物の句では燕の句と双璧をなす。『花の色』に故郷の丹波では、「雉子が鳴くと彼岸が来る」というと記しているが、雉子の声は春の訪れを伝えるとともに、彼の世にいる親しい故人を思い出す機縁にもなっているのだろう。光堂を出てわずか数歩で聞き留めた声は、彼の世からの声かもしれない。この後、歩数で距離を示す〈西行庵十歩離れずよもぎ摘む〉(昭和五十三年)、〈門を出て五十歩月に近づけり〉(平成六年)などを発表する。

疲れ鵜の漆黒を大抱へにし

『伎藝天』
昭和四十七年

「岐阜県小瀬　七句」の前書の一句。八月二十四日に欣一らと長良川を吟行。関市小瀬は岐阜市の鵜飼と同様に一千年の歴史を誇る伝統漁法を伝えている。岐阜市の鵜飼より小規模であり、素朴な鵜飼に心をひかれたようで、自註に「野趣あふれるものであった。黒い大きな疲れ鵜をつくづく見た」と記す。鵜飼が終わった後の漆黒の闇と、役目を終えた鵜の漆黒が艶やか。「大抱へにし」が鵜匠の気持ちを表している。同時発表に〈早稲の香に羽がひ締めたる鵜綱干す〉もあり、鵜飼の余韻をその土地の人々に寄り添うように詠んでいる。

真をとめの梅ありにけり石《いそ》の上《かみ》

『伎藝天』
昭和四十八年

73

「山の辺の道　十九句」の前書の冒頭句。二月十七日の「風」大阪句会の翌日、山の辺の道を吟行。自註に「白に僅かばかりの紅みのかかった梅」とある。「真をとめ」は、それ以外の形容詞も比喩も拒み、力強く句を立たせる。この梅は、石上神宮の石段を登ったところにある白梅。『武蔵野歳時記』に、雪の雫が花を伝って落ちるのを見て「そのとき『真をとめ』がここにあったと思った」とある。その後も、梅というとこの句をいつも思い出すという。欣一はこのときの綾子を〈摘草の籠持つごとく旅の妻〉（『二上挽歌』）と詠んでいる。

ぱらついて雨は霞となつてしまふ

『伎藝天』
昭和四十八年

「山の辺の道　十九句」の前書の最後の句。自註に、初瀬川を渡って桜井へ出る辺りで雨がぱらつき、しばらくして雨が止むと一帯が夕霞になったとあり「霞は大和にふさわしい」と書く。「ぱらついて」によって雨粒の一粒一粒の音が聞こえるようだ。それが「霞となつてしまふ」と白い緞帳が下りてきて一気に視界が失われる。目の前で起こった自然現象が聴覚から視覚に切り替わり、最後は霞という緞帳の中で一人の世界となる。「風」の連衆との吟行であったが、霞に包まれたとき、綾子はただ一人、霞の中にいる。夢幻能を見るような句である。

むらぎもの牡丹を七日見つづけて

『曼陀羅』
昭和四十九年

前書に「松瀬青々に『むらぎもの心牡丹に似たるかな』の句あり　三句」とあり〈むらぎもの牡丹ほつれを見せそむる〉が同時発表。青々の句は、昭和五年の作で、「むらぎもの」は心の枕詞。綾子は『武蔵野歳時記』で「わけのわからない心というものを、牡丹に似ているのではないかという作者の感慨は言い得ている」とし「牡丹が咲くとこの句を舌頭にのぼす」と記す。「むらぎもの牡丹」に対峙することは、青々を偲ぶ大事な時間だった。綾子には〈牡丹にものいふごとき七日かな〉（昭和六十一年）など、七日を一つの単位とする句がいくつかある。

早稲刈りにそばへが通り虹が出し

『曼陀羅』
昭和四十九年

76

「伊賀柘植　五句」の前書の冒頭句。「そばへが」「虹が」と主語が二つあるが、主役は早稲を刈る人であろう。「そばへ」は天気雨、日照雨の古語で、晴れているのに雨が降る現象で狐の嫁入りともいう。まさに狐が青空より雨を降らせ、虹まで出してくれたかのようだ。それも皆、働く人への贈り物なのだろう。柘植には「風」同人の宮田正和がおり、昭和五十年に角川賞を受賞する。綾子は同年の「風」十一月号の宮田の受賞特集で、この日のことを「私はこれ以上のものは望むまいと思って虹を見ていた」と書いている。

春の雪青菜をゆでてゐたる間も

『曼陀羅』
昭和五十年

雪と青菜の対比が美しい。似たモチーフの句に、「倦鳥」昭和九年五月号の〈雪の夜に煮て食ふ青菜ありにけり〉(句集未収録)があり、順に作品を追うと、昭和十三年の〈菜を煮るもたのしからずや雪の日は〉(『桃は八重』)、昭和四十九年の〈雪の日の厨ごとまづ青菜茹で〉(『曼陀羅』)がある。これらと比べると、春の雪であることから、ゆっくりと舞い落ちる時間と茹でる「間」という時間の観念が加わり、綾子の時間に関する思索の深まりが感じられる。

膳運ぶ長き袂や風の盆

『曼陀羅』
昭和五十年

「富山県、八尾風の盆　十句」の前書の一句。風の盆に沢木欣一、西垣脩、皆川盤水ら数名と吟行。おわら風の盆は、二百十日に行われる行事で、胡弓と静かな盆唄に合わせて人々が踊る。町なかを井田川が流れており、風の盆は川音とともにある。このときの欣一の句に〈町裏に白き瀬波や風の盆〉、綾子には〈踊りの夜川に這ひでて葛の蔓〉がある。掲句は宿泊した八尾の宿での句で、『武蔵野歳時記』に「ひらひらするような長い袂の着物を着て黒塗膳を運ぶ」とある。旅の夜の非日常の気分がいっそう高まったことだろう。

雲ふるるばかりの花野志賀の奥

『曼陀羅』
昭和五十年

「奥志賀　八句」の前書の冒頭句。風の盆の帰りに志賀高原の花野を吟行した。この日、まだ人に知られていない花野の案内をしたのは長野県の「風」同人、東福寺薫であった。東福寺は『細見綾子俳句鑑賞』で、〈奥志賀の神の隠せし花野かな〉をあげ「神が特別にとっておいてくれたような花野であった」と記す。綾子が見た前夜の風の盆は、大勢の人間のざわめきの中で死者と交歓した。この日は、誰も声をあげることができないような、神の造形の中にいる。「雲ふるるばかり」は、天上世界がすぐそばに降りてきたかのようである。

古九谷の深むらさきも雁の頃

『曼陀羅』
昭和五十一年

「金沢にて　三句」の前書の冒頭句。九月十二日、石川県立美術館での句である。古九谷は、青と呼ぶ緑、黄、赤、紫、紺青の五彩を用いる。綾子はその中の深紫の色に注目した。明るい色彩の中で、落ち着いた深い紫は、作品に気品を与える。九月半ばの金沢は雁の飛来にはやや早いが、能登あたりにはそろそろ雁も来ているはず。雁は秋の気配を連れてくる。県立美術館の向かいには兼六園があり、萩や水引も盛り。そろそろ紅葉や実紫も色づき始める時期である。古九谷は金沢の秋の風土を表す色のように思えてくる。

螢火の明滅滅の深かりき

『曼陀羅』
昭和五十二年

同時発表に〈螢貫ひ昼暗き場所探しけり〉〈螢を揺らして見する人来るたび〉があり、掲句は野の蛍ではなく籠の蛍であることがわかる。これらの句の前に、〈人の死へ暑さは登り坂なりし〉という秋元不死男への弔句がある。不死男は七月二十五日に死去。綾子より六歳年上で「天狼」同人の仲間であった。蛍は、古くから霊魂の象徴とも考えられてきた。一般に蛍火といえば光をさすが、綾子は明滅の滅に注目する。不死男への追悼であったかもしれない。籠の蛍であるから蛍の命を強く思い、また、一つの蛍の明滅を見続けることができた。

西行庵十歩離れずよもぎ摘む

『存問』
昭和五十三年

82

「吉野山　二十三句」の前書の一句。四月十五日、「風」関西支部鍛錬句会が吉野山で開催。掲句は当日の吟行句会での高得点句。西行庵は吉野山の奥千本にある。「十歩離れず」は、綾子独特の距離感である。もし野原の真ん中に建っていたのであれば、十歩の距離の感覚は違っていただろう。西行庵の裏はすぐ山の斜面であり、三方は大木が茂っている。そこでの「十歩離れず」というのは、結界の中のような、西行に見守られる中にいるような感覚ではないだろうか。綾子は西行をすぐそばに感じながら蓬を摘むのだ。

貝殻に溜れる雨も涅槃かな

『存問』

昭和五十六年

二月十四日に、伊良湖岬で「風」同人総会があった。前日は雨。浜辺の貝殻に雨水が溜まっていた。『武蔵野歳時記』に、「貝殻に溜まっている雨水は涅槃を思わせた。涅槃会への供物であった。測り知ることのできない大きな広いものへの供物であることを感じた」とある。ここで、釈尊ではなく「大きな広いもの」と考えるのが、綾子の宗教観だと思う。雨という恩寵を、真っ白な貝殻の一つ一つが受け止めている。当たり前の景色に、人知を超えた存在を見出している。

自ねんじよをすり枯れ色をおしひろぐ

『存問』

昭和五十六年

前書はないが、〈恵那山の自ねんじよとゞく秋深し〉〈じねんじよの藁づと紐で巻きからめ〉〈田を仕舞ひ自ねんじよ掘りに行きたりと〉の句の次に掲句が載っている。句を順番に読めば、句の背景は一目瞭然となる。

　掲句の「おしひろぐ」は、自然薯であるからこその実感のある言葉。擂鉢と擂粉木の作業が目に浮かぶようだ。自然薯の強い粘りは、まさにこの表現がふさわしい。ここで「枯れ色」とすることで、擂鉢の中は、晩秋の恵那の山野となった。

何といふ風か牡丹にのみ吹きて

『存問』
昭和五十七年

85

突然、牡丹に強い風が吹き、せっかくの牡丹を散らしてしまうという解釈もできる。しかし、林徹は『細見綾子秀句』で、風に様々な名前があることを示し、「牡丹にばかり吹く風には、そういった風雅な名前は無いものか、もし無いというならば、これを何と呼んだらよいものか」と鑑賞する。

「何といふ風か」の後に感嘆符が付くか、疑問符が付くかで鑑賞は変わる。わずかな風に香りが流れ、花びらが揺れるという観察を綾子は毎日している。林徹の鑑賞は綾子の風雅な心に沿うものであろう。

曼陀羅の地獄極楽しぐれたり

『存問』
昭和五十七年

86

「奈良　元興寺　五句」の前書の一句。句文集『奈良百句』に、智光曼陀羅を拝観し、目を凝らしてもおぼろげにしか見えず、「浄土の下半分は地獄図のようである。今日はしぐれ、地獄も極楽も相共にしぐれている。むしろ地獄と極楽が手をつないでしぐれているといった趣きであった」と記す。曼陀羅はサンスクリット語で丸いの意味があり、曼陀羅図は円を基調としたデザインが多い。智光曼陀羅は上下の二分割とシンプル。二分割というシンプルなデザインが「地獄極楽しぐれたり」と一気に詠み下すことにつながったように思える。

山形の桜桃来たるまたたきて

『天然の風』
昭和五十八年

本当に美味しそうな句である。小粒、やや黄色も混ざって均一ではない色、酸味のある甘さ、という桜桃の良さが「またたきて」に込められている。「輝く」「艶やか」ではなく「またたく」に伝える力がある。アメリカンチェリーや、品種改良された大粒の甘い高級な桜桃とは違う美味しさがこの句にはある。また、〈桜桃を父が買ひ来し誕生日〉（『伎藝天』）などがあるように、息子の誕生日は桜桃忌でもあり、この日には桜桃を買って誕生日を祝うのが恒例であった。

地の胸といふ語に春の立ちにけり

『天然の風』
昭和五十九年

88

「松瀬青々に『草焼きて地の胸広くなりにけり』の句あり」の前書の句。綾子の師、松瀬青々が亡くなったのは昭和十二年一月九日。二月には法隆寺で追悼会が開かれ、綾子は〈千年の一と時生きて吾余寒〉などを詠んでいる。綾子にとって、師を思い出す季節なのだろう。

句集『天然の風』では、掲句の次に〈伊豆の山焼きて雉子《きぎす》を昂ぶらす〉がある。雉子の声はいつも力を与えてくれる。ページの左右に、この二つの句が並んだのは偶然というよりも、綾子は、青々の声を聞きながら並べたのではないだろうか。

178 − 179

天然の風吹きゐたりかきつばた

『天然の風』
昭和六十年

89

「小堤西池　五句」の前書の一句。この灌漑用水池は杜若の自生地で、国の天然記念物。掲句は「俳句」昭和六十年八月号に〈天然の風吹き過ぎるかきつばた〉として発表。後、「風」昭和六十一年二月号の随筆に〈天然の風吹きゐたり杜若〉、「風」五百号（平成二年）の「細見綾子百句」で「かきつばた」の平仮名の表記になった。ここは、湿地固有の希少な植物や、鳥、昆虫も多い。天然の風は、そのような多くの生き物を育む風であり、その風に吹かれて、杜若はいっそうあでやかになる。

牡丹にものいふごとき七日かな

『天然の風』
昭和六十一年

牡丹の句の多くは自宅の庭の牡丹を詠んだものである。いくつかの随筆に、丹波の生家から移植した牡丹のことを書いている。庭に出ては牡丹に挨拶をし、「牡丹日々」という日記をつけた。〈牡丹七日中の三日は雨しとど〉（昭和四十九年）のように、牡丹は七日間の認識であったが、晩年は〈牡丹十日母にもの言ふ如きかな〉（平成六年）のように十日という日数を示すようになる。増えた分は、最後の一ひらが地面に落ちる瞬間までを含めた長さなのだろう。年齢を重ね、綾子の牡丹を愛おしむ気持ちが深まった三日分なのかもしれない。

餅花を挿してより夜の濃くなれり

『虹立つ』
昭和六十二年

餅花は、餅や団子を木の枝に刺したもので、小正月の予祝儀礼に用いる。前書「日守むめさん」の〈大磯人手づくり餅花もたらせり〉と同時発表。日守むめは神奈川県大磯町の「風」同人。大磯の小正月行事の左義長は国の重要無形民俗文化財である。大磯では餅花ではなくキナリダンゴと呼び、米の粉で作る。ピンポン玉くらいの団子と、繭、俵などの形にしたものを楢や櫟の枝に刺す。日守さんの手作りであれば、大ぶりな団子だろう。夜、灯りを消せば、薄い闇に団子が浮かび上がる。白い団子によって、闇は濃く見える。非日常の夜である。

老ゆることを牡丹のゆるしくるるなり

『虹立つ』
昭和六十二年

92

平仮名が多いうえに、ユとルの音が繰り返され、ゆったりとした調べである。まるで牡丹がゆっくりと開いていくかのようだ。綾子は八十歳。忙しく、充実した日々を送っている。欣一は三月に東京藝術大学を退官したので、二人の時間が増えてきたことだろう。

綾子は、毎年、自宅の牡丹と会話をするように詠んできた。この年の句は〈牡丹と移り住みたる三十年〉〈牡丹にわが六歳の写真あり〉など、いつもとは違うテイスト、つまり、目の前の写生を離れた句を置いて、その次に掲句を置く。八十歳という節目の年の牡丹である。

キャスリン・バトル虹立つやうに唱ひたり

『虹立つ』
昭和六十三年

「上野、東京文化会館にて　三句」の前書の一句。キャスリン・バトルは、アメリカのソプラノ歌手で、日本では昭和六十一年のニッカウヰスキーのコマーシャルで名が知られるようになった。句集のあとがきに「『立つ』というのは見えないものが見えるようになるということで、虹のようなはかないものの確かさを思って題名といたしました」と記す。「虹立つやうに」で美しい歌声が想像できる。彼女の声はリリック・コロラトゥーラという可憐な小鳥のような声だという。名前を前書ではなく上五に据え、印象の強い一句となった。

茹で栗のうすら甘さよこれの世の

『虹立つ』
平成元年

掲句の前に〈栗食みて丹波の話少しして〉〈夫と食ぶ茹で栗夜汽車過ぎゆけり〉がある。続けて読むと、欣一と会話をしながら栗を食べている団欒が浮かぶが、「新宿JR総合病院に入院　九句」の前書の句である。見舞いの茹で栗を二人で食べた。「うすら甘さ」は人生の味のようだ。「これの世」は現世のことだが、この世ではなく「これの」と限定的な言葉を用いる。強く現世を示すのは、「彼の世」を強く意識しているからであろう。綾子は常に眼前を捉えて詠む。しかし、同時に目の前のその先も見えているように思えてならない。

わが余白雄島の蟬の鳴き埋む

『牡丹』
平成三年

「NHK衛星テレビのため松島へ　五句」の前書の一句。欣一や「風」の有志、総勢九名での吟行が放映された。綾子は八十四歳で、当時の女性の平均寿命、八十二歳を超えている。平成元年に心筋梗塞、二年に体調不良のため入院をし、否応なく残りの人生を考える時期になっている。しかし「わが余白」は、蟬の声で埋められてゆく。しかも「雄島」という力強い固有名詞が付く蟬である。人生とか寿命という見えないものを「余白」と可視化し、そこで聴覚に転換する。読者が視覚、聴覚の実感をもって共感する一句となった。

今は散るのみの紅葉に来り会ふ

『牡丹』
平成四年

十一月二十八日に神戸での「風」全国大会に出席し、翌日に布引の滝、翌々日に丹波の高源寺を訪ねた。高源寺には、中国杭州の天目山より種を持ち帰ったという天目楓がある。欣一は高源寺の紅葉を見るのは初めてで、「風」の「欣一日録」にその感動を綴っている。掲句は、「丹波の家の庭　三句」に続けて掲載されており、前書はないが高源寺の紅葉であろう。「来り会ふ」に強い思いが込められている。「散るのみの紅葉」は最後のあでやかな色を綾子に見せたはず。この頃、ますます対象に自分を投影する句を多く詠むようになった。

再びは生れ来ぬ世か冬銀河

『牡丹』
平成六年

綾子は、若い頃から、「美しく消耗する」を人生の哲学としてきた。追い求めてきた美は、伎藝天像に見出したように、剥落の美である。綾子は仏教の造詣も深く、信仰心も人並み以上はあったと思う。しかし、生涯の作品の中で、輪廻転生を想起させるような句はあまり思い当たらない。掲句、「再びは生れ来ぬ世か」と輪廻転生を拒む。『牡丹』は、平成三年から七年までの句が収められているが、特に後半は、人生を締めくくるような淋しさを感じる句が多くなる。その中で、自身の人生を総括するような潔さを遺言のように残した。

門を出て五十歩月に近づけり

『牡丹』
平成六年

心不全を患い、六月六日から九月八日まで入院した。この年の中秋の名月は九月二十日。退院したばかりであった。一緒に月を見た「風」同人の原田しずえは、綾子はしっかりと歩き、「上を向いて歩こう」を歌ったと「風」平成十年七月号に書いている。一歩ずつ踏みしめるようにしっかりと歩くことが、月に近づいてゆく実感に繋がる。鶏頭の「三尺」、西行庵の「十歩」などで示した距離は、対峙するものと共有する空間を示す。その意味では、掲句はやや異なり、月に近づく距離である。満月との空間を自らの意志で縮めていった。

鶏頭の襞にこもれりわが時間

『牡丹』
平成七年

〈鶏頭を三尺離れもの思ふ〉発表の翌年、欣一との結婚に〈見得るだけの鶏頭の紅うべなへり〉と詠んだ。鶏頭は人生の転機に寄り添った花。岩田由美は『綾子の一句』の〈思ひ出す事あるやうに鶏頭立つ〉（『桃は八重』）の鑑賞で、欣一の出征送別会の〈記憶にも今日の秋空桐立たむ〉を引き、「綾子は大切なことを季語と共に記憶した」と書く。鶏頭に畳み込まれた時間は記憶そのものである。昭和三十九年の〈鶏頭の頭《づ》に雀乗る吾が曼陀羅〉が平面の曼陀羅図であれば、掲句は、立体曼陀羅。一つ一つの扉に綾子の時間が畳み込まれている。

吾亦紅ぽつんぽつんと気ままなる

『牡丹』
平成七年

〈野の花にまじるさびしさ吾亦紅〉と詠んだのは昭和四年。六十六年の時を経て、呼応するような一句を残した。この吾亦紅は、入院中の綾子のために見舞客が摘んできたものである。句集のあとがきに、日常生活や吟行で世話になっていることへの感謝を述べたうえで、最後の行にこの句を記している。あとがきを書きながら、俳句をはじめた頃の丹波の風景が綾子の脳裏を過ぎったことであろう。ゆるぎない信念を貫くのが「ぽつんぽつんと気まま」に通じるのだと思う。寂しいが、綾子の凜とした精神がある。

丹波人の矜持

Ⅰ　綾子の生涯

細見綾子は、細見喜市・とりの長女として明治四十年（一九〇七）三月三十一日、兵庫県氷上郡芦田村東芦田（現、丹波市）に生まれた。日本女子大学を卒業後、東京帝国大学医学部の助手、太田庄一を婿養子に迎えるが、二年後の昭和四年一月に夫が病没し、芦田村に帰郷する。四月に母が亡くなり、秋には肋膜炎を発病し、療養生活が始まった。このような失意の中、綾子は俳句に出会うのである。俳句を勧めたのは主治医の田村菁斎で、松瀬青々の弟子であった。綾子もこの年から「倦鳥」と系列誌「漁火」に投句をするようになった。

昭和九年より、転地療養のため、大阪府豊能郡池田町石橋（現、池田市）に仮寓。「倦鳥」の句会に数多く出席し、晩年の青々の供をして奈良や京都を何度も訪ねた。昭和十七年三月、第一句集『桃は八重』を出版。十一月には、沢木欣一が綾子を訪ね、以後、欣一との交際が続き、欣一は、綾子に句稿を託し、昭和十八年十一月一日に出征する。欣一の第一句集『雪白』は、翌年三月に綾子と原子公平によって上梓された。

昭和二十一年、欣一が編集兼発行者となって、金沢市より「風」を創刊。綾子も同人として参加した。昭和二十二年十一月、欣一と結婚。昭和二十五年に長男太郎を出産する。昭和三十一年三月、東京都武蔵野市に新居を建て、終の住処とした。武蔵野市の新居は、丹波の細見家が所有する山林の木材を用い、丹波から呼んだ大工によって建てられた。牡丹なども丹波の庭から移植しており、綾子は丹波の匂いのする住まいで暮らした。晩年は入退院を繰り返すようになり、平成九年（一九九七）九月六日、永眠。現在の多摩にある澤木家墓地は、園芸家のポール・スミザー氏が植栽をデザインしたものである。春から秋まで次々に花が咲き、冬は枯野となるように植物が配置されており、綾子は花野の下に眠っている。

Ⅱ　芦田村からの視点

芦田村の細見家

綾子の原風景が、丹波であることはよく知られている。綾子は、どこで燕を見ても丹波の燕を思い出したという。綾子にとっての丹波とはどのようなところなのだろうか。

綾子は、帰省することを「丹波に帰る」と言った。ここで認識しておきたいのは、この「丹波」は、一般的な「丹波国」ではないことである。丹波は、京都府と兵庫県にまたがっており、京都丹波は急峻な山間に細い谷がある。それに比べ、兵庫丹波は山稜が穏やかで谷は広い。綾子の故郷は、兵庫丹波のもっとも奥まった地にあるが、山村ではなく、中山間地域の農村である。

芦田村は、昭和三十年に一町三村が合併して青垣町《あおがき》に、平成十六年に六町が合併して丹波市となった。青垣町は、粟鹿山《あわがやま》を水源とする佐治川《さじがわ》によって開かれた広い谷で、川は途中で加古川と名を変え、瀬戸内海に注ぐ。青垣の地名は、周囲が青々とした山で囲まれていることから付けたという。

綾子の通った芦田小学校は明治六年の創立であるが、運動唱歌があるものの、校歌がなかった。昭和四十年の盆の帰省の折、当時の校長が尋ねてきて、綾子に校歌の作詞を依頼したという。綾子は十月には歌詞を書き上げている。

芦田小学校校歌

土の恵みの香の中に　健やかにこそ生い立ちて　学びの道の第一歩　ああわが芦田小学校／　春は霞の青垣山　夢を育てて豊かなる　秋は黄金の稲の波智恵のみのりのたしかなり／　強く正しき心身を　明日の希望にきたえつつ若木のみどりあふれたる　ああわが芦田小学校

歌詞には、綾子にとっての丹波が凝縮されている。言い換えれば、これが綾子が育った芦田村であり、綾子の丹波なのだ。綾子は土の恵みについて、校歌披露の式典で「今は匂わなくてもいつかは匂う、そんなものです。五年、十年と経って、いやもっと二十年経ってもよい、これが丹波の土の匂いか…と思う時があったら『おばさんの話したことはこれか』と思ってください」といい、さらに「土とは父とも母とも同じものです」と語ったという。（平成二十七年に蘆田朝子氏が芦田小学校のゲストティーチャーとして語った記録「校長室だより」による）

何年たっても土の匂いとともにあるのが綾子である。丹波から金沢、武蔵野と引越をした。どの地にも土はある。綾子が引越をした昭和三十一年頃の武蔵野市は、周辺は麦畑であった。ただ、同じ耕作地でも関東ローム層の武蔵野台地の畑と芦田村の水田は違う。芦田村の土の匂いは、常に水の匂いを伴うはずである。単なる「土の匂い」ではなく「土の恵みの匂い」が綾子の丹波にはあった。

日の当たる裏庭への視線

生家のある小字は芝添《しばそ》といい、十数戸の家があって、その周囲は水田が広がっている。水田の先の山裾に産土の高座《たかくら》神社があり、遠くに〈峠見ゆ十一月のむなしさに〉の遠阪峠が見える。

綾子の父、喜市は次男であり、双子の弟とともに分家した。この二軒は隣接して建っていて、一つの家族のように行き来して暮らした。この復元平面図は、土蔵以外の付属小屋と主屋の細部を省略し、地域の方への聞書きと現状平面図を元に作成した。主屋は四室が田の字のように区切られた、いわゆる田の字型民家である。ニワと呼ぶ土間には三畳ほどの日当たりのよい機部屋があり、ここで母親が機織りをした。土間の奥に板の間を張り出し、そこに囲炉裏がある。南側の二部屋は、クチノマとオモテと呼ぶ座敷で、オモテは書院の付いた床の間がある。オモテの前は、石灯籠や庭石、植木が配置された庭で、屋敷神の祠もある。この庭は塀で囲まれて

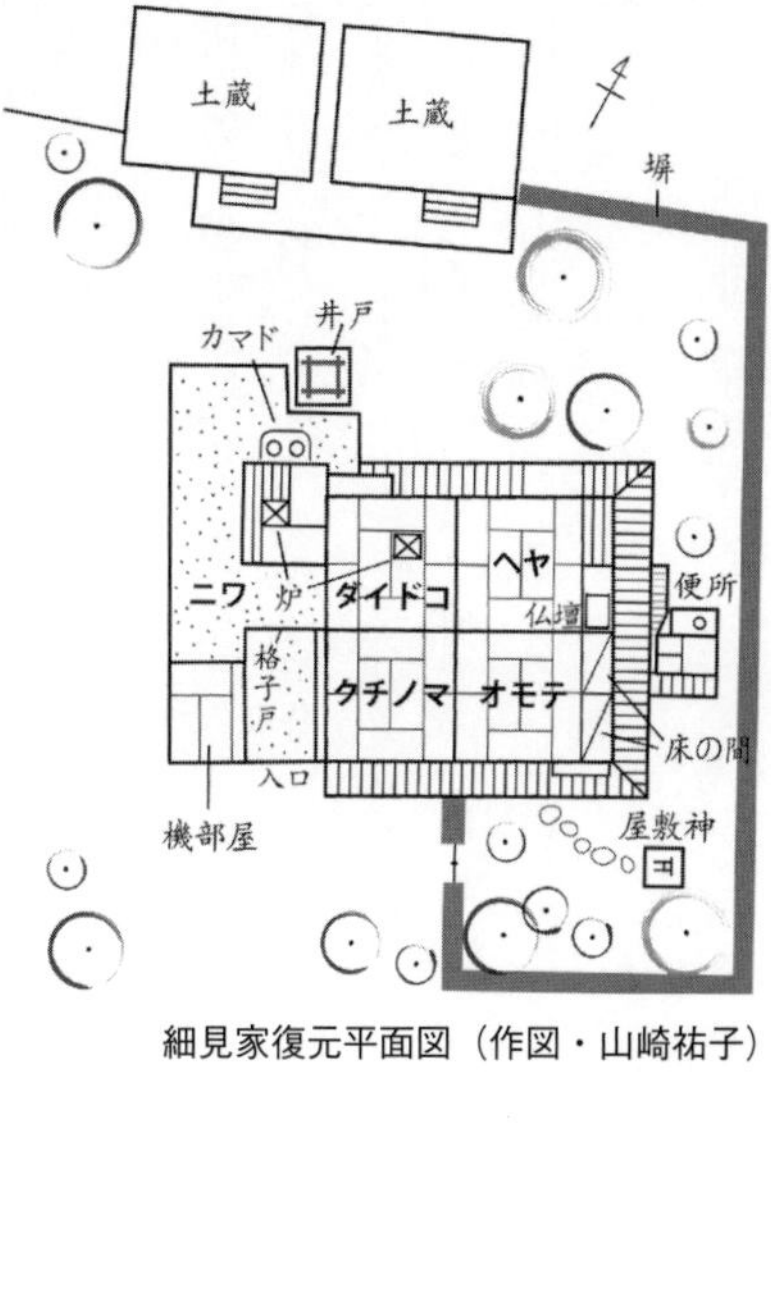

細見家復元平面図（作図・山崎祐子）

いるため、居宅の外の様子は見えず、庭だけの独立した景観が目に入る。
北側にはヘヤとダイドコがある。部屋をヘヤと呼ぶことに違和感があるかもしれないが、奥にある寝室の呼称としては各地に分布する民俗語彙である。昭和四年に帰郷してからはヘヤが綾子の自室となった。ダイドコは、いわゆる茶の間であり、綾子の随筆で出てくる茶の間とはこの場所をいう。「風」十号掲載の随筆「壁」の書き出しはこうだ。

茶の間の火鉢の私がいつも坐る所から、硝子越に蔵の壁が見える。柔い土色の壁である。壁には日がよくあたり、日があたってさへゐれば自分はいつまでも眺めてゐるのである。火鉢に炭をもつがず、ぢっとしてゐる事がある。いろいろと考へ、又いつも同じ事を考へ、考へつくせないので、自分の心は、いろ〳〵の事を泛かべたまゝである。泛かべてゐる事が少しも重くないのは、壁に日があたってゐるからだ。（改行略）

綾子の家の敷地と建物の関係をみると、南に面した表側よりも裏側が広い。表側は塀で囲まれているうえ、道路を隔てて家が建ち並び、視界が遮られる。裏側は、二棟の土蔵があるものの、日がよく当たり、水田、桑畑、山々というように外へ広がるのである。綾子の俳句は、療養をするヘヤ、つまり奥の自室から始まった。寝たきりのときも、障子を開ければ、日の当たる土蔵の壁が見えたはずである。綾子の代表句である〈鶏頭を三尺離れもの思ふ〉は、この土蔵の前に咲いていた鶏頭であった。オモテと呼ぶ座敷から見える瀟洒な庭よりも、綾子の俳句は裏側のヘヤ、ダイドコから見える裏庭から生まれている。

山裾と峠

綾子の家から高座神社まで、農道を抜ければ五百メートルほどの距離である。ここに〈で丶虫が桑で吹かる丶秋の風〉の句碑がある。丹波は養蚕が盛んであった。綾子の家のクチノマの床下に養蚕のための炉の設備があり、土間には桑を二階に運ぶための滑車があった。遠阪峠を越えた但馬では、明治以降、住居を養蚕のために三層（三階）にしていくが、芦田村はそこまで大型化はしなかった。水田と山林が豊かであったことも要因の一つだろう。「風」昭和六十一年九月号に、桑の栽培について、摘みやすく低く刈って仕立てた桑ではなく、自然に育った古木に梯子を掛けて桑摘みをしたとある。もちろん山桑だけでは足りないので、髙座神社の山裾などにも桑を栽培していた。

髙座神社は蚕の神と水の神を祀っている。蟻の宮と呼ぶ水神は、蟻が水源を教えてくれたことにちなむもので、社殿の西側を下ったところに湧水がある。この湧水は水田を潤し、綾子の家の裏を流れる小川となり、佐治川に注いだ。この小川は綾子の随筆にも出てくるが、耕地整理によってなくなっている。湧水の周辺は照葉樹と落葉樹が混在し、春は椿が溢れ、木々が芽吹く。〈榛芽ぶき心は湧くにまかせたり〉（『桃は八重』）は、この湧水の背面にある井戸山で詠んだ句である。夏は茂った葉によって涼しく、冬は落葉樹が葉を落とすので柔らかな冬日に包まれる。

地続きの叔父の家は妹の千鶴子が養女となって跡をとった。千鶴子の娘、幸子は、離れで結核の療養生活を送っていた。綾子は「春の小川」（『私の歳時記』）に

〈起坐五分我が顔の前雪降れり〉など幸子の句を紹介している。幸子は、昭和三十年十月、三十一歳で亡くなる。十代からの長い療養生活であった。綾子は〈若き死にあまりに晴れて刈田つづく〉（『和語』）と詠み、幸子を悼んだ。幸子が療養の中で見続けていた景色は、家の裏から見える水田から山へ広がっている風景であり、それは、綾子が療養生活の中で見続けてきた風景と同じであった。

母の手織りを纏って

綾子は、正月には母親の手織りの着物を着た。母親は、細かい縞ばかりではなく、絣を織れる腕があったことをいくつもの随筆で書いている。「正月の旅」（『武蔵野歳時記』）に、松瀬青々がいつも着ていた久米島紬を「渋い茶色の無地に同じ色のややうすい縞と小さい飛び絣のあるもの」と記し、青々は、この久米島紬が、絹でありながら、木綿よりも木綿らしく見えるところを好んだと書いている。綾子は木綿の良さ、縞や絣の良さを青々から学んだのかもしれない。また、青々から〈木綿着て豪奢は捨てぬ牡丹哉〉の句を添えた牡丹の絵の画讃を頂いたが、大阪大空襲でなくしてしまったと同書に記している。木綿縞を纏うとき、母の姿とともに青々の着物姿が浮かんだのではないかと思えてならない。

綾子は、丹波に帰省するとまず墓参りをし、近所の人たちも綾子の家族を喜んで迎えた。墓参りの道すがら、同行の欣一が「ただいま帰りました」とにこやかに挨拶したと近所の方が伝えている。妹の千鶴子は母親に似て料理も機織りもよくした。綾子の家は、夏になれば障子を葦戸に替え、いつ帰ってもいいように管理されていた。正月や節供が近づけば餅を搗いて武蔵野の家へ送り、蕗の薹が出れば段ボール箱に詰めて送った。綾子の武蔵野での暮らしが丹波とともにあったのは、千鶴子や近所の人たちの支えがあったからであろう。丹波から運んだ木の家で、母の手織りを纏い、丹波人と繋がりながら丹波とともに過ごした一生であった。

付記／現地調査にあたり、蘆田朝子氏（丹波市）、細見宏三氏（丹波市）、丹波市教育委員会、西尾嘉美氏（兵庫県）、澤木くみ子氏、堤涼子氏にお世話になり、丹波市教育委員会より資料の提供を受けました。図面の浄書は、宮瞳子氏によるものです。記して御礼申し上げます。

引用文献（本文中に引用元を記した雑誌、細見綾子の各句集は省く）

『自註現代俳句シリーズ・I期1　細見綾子集』、一九七六年、俳人協会
『細見綾子全句集』、沢木太郎編、二〇一四年、角川学芸出版
『細見綾子全句集』、一九七九年、立風書房
『定本　私の歳時記』、細見綾子、一九七五年、牧羊社
『現代俳句全集』(四)、一九七七年、立風書房
『花の色』、細見綾子、一九七八年、白鳳社
『俳句の表情』、細見綾子、一九八二年、求龍堂
『奈良百句』細見綾子、一九八四年、用美社
『綾子俳句歳時記』、細見綾子、一九九四年、東京新聞出版局
『武蔵野歳時記』、細見綾子、一九九六年、東京新聞出版局
『剝落する青空』、杉橋陽一、一九九一年、白鳳社
『細見綾子聞き書』、堀古蝶、一九八六年、角川書店
『女性俳句の世界』上野さち子、一九八九年、岩波書店
『細見綾子俳句鑑賞』、沢木欣一編、一九九二年、東京新聞出版局
『定本現代俳句女流百人』、片山由美子、一九九九年、北溟社
『細見綾子秀句』、林徹、二〇〇〇年、翰林書房
『鑑賞女性俳句の世界』第三巻、二〇〇八年、角川学芸出版
『泥の好きなつばめ』、辻恵美子、二〇一七年、邑書林
『綾子の一句』、岩田由美、二〇一四年、ふらんす堂

参考文献

『綾子先生輝いた日々　随筆集』、下里美恵子、二〇〇七年、文學の森
『細見綾子精選句集　手織』、石田郷子編、二〇一三年、ふらんす堂

初句索引

あ行

か行

さ行

た行

季語索引

著者略歴

山崎祐子（やまざき・ゆうこ）

1956年　福島県いわき市に生まれる
1984年、「風」入会。1990年、「風」新人賞を受賞し、同人となる。2002年、「風」終刊。以後、「万象」「梅檀」にて俳句を続け、2012年、「りいの」創刊同人。2012年、「絵空」を4人で創刊。

句集『点睛』（第28回俳人協会新人賞、2004年刊）、句集『葉脈図』（2015年刊）

現在、「りいの」「絵空」同人。俳人協会評議員、日本文藝家協会会員

発　行　二〇二三年二月二〇日　初版発行
著　者　山崎祐子© Yuko Yamazaki
発行人　山岡喜美子
発行所　ふらんす堂
〒182-0002　東京都調布市仙川町一―一五―三八―2F
TEL（〇三）三三二六―九〇六一　FAX（〇三）三三二六―六九一九
URL http://furansudo.com/　E-mail info@furansudo.com

細見綾子の百句

振　替　〇〇一七〇―一―一八四一七三
装　丁　和　兎
印刷所　創栄図書印刷株式会社
製本所　創栄図書印刷株式会社
定　価＝本体一五〇〇円＋税
ISBN978-4-7814-1540-6 C0095 ¥1500E